हस्ताक्षर

(एक पहचान)

श्री अभिषेक गौड़

यह पुस्तक; भेंट स्वरुप पिताजी

श्रद्धेय

श्री देवी प्रसाद गौड़ जी

एवं पूजनीय माता जी

श्रीमती प्रेमकला गौड़ जी

के कर-कमलों में पूर्ण रूप से समर्पित है

जिनकी प्रेरणा स्वरूप यह पुस्तक लिखी जा सकी।

क्रम-सूची

प्रस्तावना

समय के साथ परिवर्तन आना स्वाभाविक है परंतु उस परिवर्तन को स्वीकार ना कर पाना समस्याओं को जन्म देता है। हमारे समाज में बहुत से ऐसे लोग हैं जो तकनीकी से अभी तक परिचित नहीं हैं।

आज के इस आधुनिक और विकसित दौर में जब हम पूरी तरह से तकनीकी के ऊपर निर्भर हो चुके हैं ऐसे में तकनीकी भी हम पर हावी हो गई है। हर क्षेत्र में तकनीकी का दख़ल बढ़ता जा रहा है; यदि आपको जानकारी का अभाव है तो यह तकनीकी आपके लिए हानिकारिक भी सिद्ध हो सकती है। हस्ताक्षर (एक पहचान) नामक पुस्तक उस काल्पनिक घटना पर आधारित है जो कि हर मनुष्य के साथ घटित हो सकती है। आपकी व्यक्तिगत पहचान होना बड़ी बात नहीं है, उस पहचान को आप किस प्रकार संभाल पाते हैं यह महत्वपूर्ण है। कोई भी व्यक्ति बहुत अभ्यास के बाद अपने हस्ताक्षर का चयन करता है, जो संभवतः वह सरलतापूर्वक आवश्यकता पड़ने पर उपयोग में ला सके। इसका उपयोग कोई भी व्यक्ति बहुत सावधानी पूर्वक करता है क्योंकि हस्ताक्षर एक ऐसा चिन्ह है जो आपकी स्वीकृती भी दर्शाता है और आपकी ज़िम्मेदारी भी। उदाहरण के लिए यदि आपके हस्ताक्षर किसी कथन के नीचे आपके नाम सहित हों, तो इसका मतलब यह निकलता है कि उस कथन को आपने प्रमाणित किया है व अपनी सहमति प्रदान की है। एक कहानी के रूप में हस्ताक्षर के महत्व को बताने का प्रयास किया है अथवा इसका क्या दुरुपयोग हो सकता है; इस ओर भी ध्यान केंद्रित करने का प्रयास किया है। आशा है इस कहानी के माध्यम से हस्ताक्षर को लेकर पाठकों में जागरूकता पैदा हो सकेगी।

अतः जिस भी दस्तावेज पर वे अपने हस्ताक्षर करेंगे उसे भली भांति पढ़कर अपनी व्यक्तिगत संतुष्टि अवश्य कर लेंगे। हम उस दौर में जी रहे हैं जहां धोखाधड़ी और छल कपट होना आम सी बात हो चुकी है। इसलिए हमारे द्वारा बरती गई सावधानी ही हमें सुरक्षित रख सकती है।

सादर धन्यवाद
श्री अभिषेक गौड़

भूमिका

वर्तमान समय में हो रही धोखाधड़ी और जाली हस्ताक्षर के प्रयोग ने यह हस्ताक्षर (एक पहचान) नामक पुस्तक लिखने के लिए प्रेरित किया है। मैं लेखक के रूप में यह कल्पना कर सकता हूं कि उस व्यक्ति की दशा क्या होती होगी जिसके साथ ऐसी घटनाएं घटित हो जाती हैं। कई बार जीवन में धोखा देने वाले कोई अपरिचित ना होकर हमारे अपने ही होते हैं। अब ऐसा वे किस कारण करते हैं यह तो शोध का विषय है, खासतौर पर जब हमें चोट खुद के ही परिवार के सदस्य से मिले तो यह और भी अधिक पीड़ादायक होता है। यह पुस्तक लिखने के लिए आधार का कार्य पूर्व में लिखी गई हृदय स्पर्श एवं हृदय घात नामक काव्य पुस्तकों ने भी किया है।

सादर धन्यवाद

श्री अभिषेक गौड़

पावती (स्वीकृति)

प्रस्तुत पुस्तक हस्ताक्षर (एक पहचान) पूर्णरूप से कल्पनाओं पर आधारित है। इसके पात्रों, उनके चरित्रों एवं घटित घटनाओं के स्थानों का वास्तविकता से कोई संबंध नहीं है। घटनाओं को इस प्रकार से रचा गया है कि वे आपको सत्यता का अनुभव कराते हैं, किसी जीवित या मृत व्यक्ति से इनका कोई संबंध नहीं है। इसके बाद भी किसी व्यक्ति, स्थान या वास्तविक्ता से मेल खाते हैं; तो इसे मात्र संयोग माना जाएगा।

सादर धन्यवाद

श्री अभिषेक गौड़

आमुख

1. घनश्याम सिंह - सरकारी कर्मचारी और लोकेश सिंह के पिता के रूप में।
2. लोकेश सिंह- अध्ययनरत, घनश्याम सिंह के ज्येष्ठ पुत्र के रूप में।
3. सुशमा देवी- घनश्याम सिंह की पत्नी के रूप में।
4. सुजाता सिंह- अध्ययनरत, विवाह योग्य, घनश्याम सिंह की पुत्री के रूप में।
5. ग्राम- न्यासनगर, उत्तर प्रदेश

1

घनश्याम और उसका परिवार

सामान्य व्यक्ति कैसे जीवन जीता है, कैसे अपने जीवन में संघर्ष करता है, किन विपरित परिस्थितियों का उसे सामना करना पड़ता है, यह हर कोई प्रत्यक्ष रूप से नहीं देख पाता। दुनिया को जो दिखता है वह है उसके द्वारा किया गया सामाजिक योगदान। यदि कोई व्यक्ति समाज को कुछ नहीं दे रहा है तो समाज उसके लिए नकारात्मक भाव उत्पन्न कर लेता है। घनश्याम सिंह समाज का एक ऐसा ही हिस्सा है जो अपने व्यक्तिगत संघर्ष के साथ साथ समाज के लिए भी योगदान करता रहता है। घनश्याम सिंह उत्तर प्रदेश के न्यास नगर नाम के गांव में अपने छोटे से परिवार के साथ रहता है। वे मध्यमवर्गीय हैं और अपनी मेहनत से जीवन यापन करते हैं। घनश्याम के पिता पेशे से किसान थे और उनकी आर्थिक स्थिति अधिक अच्छी नहीं रहती थी। बहुत लगन और मेहनत से पढ़ाई पूरी करने के पश्चात एवं जीवन में कई संघर्षों से दो चार होने के पश्चात घनश्याम की सरकारी नौकरी लगी।

घनश्याम सरकारी प्राथमिक विद्यालय में कार्यरत इतिहास विषय का अध्यापक है, वह बहुत ही सरल एवं साधारण व्यक्ति है जो अपने समस्त दायित्वों का पालन बड़ी निष्ठा और ईमानदारी से करता है। घनश्याम का नौकरी लगने के सात माह के भीतर विवाह हो गया था

उसकी पत्नी का नाम सुशमा देवी है, एक साधारण परिवार से संबंधित होने के कारण वह भी घनश्याम की भांति ही मेहनती है। सीमित साधनों में जीवन यापन करना सामान्य परिवार में रहने वाले व्यक्ति को बखूबी आता है। एक कुशल गृहिणी होने के साथ साथ सुशमा समझदार और ज़िम्मेदार महिला है। वह घर के सभी कार्य बहुत ही अच्छे से करती है अथवा परिवार को किस प्रकार से संभाल कर रखा जाए इसका भी ज्ञान उसे अच्छे से है। परिवार के सभी सदस्यों की आवश्यकताओं में कैसे संतुलन बना सकते हैं उसे यह भी आता है।

घनश्याम और सुशमा के विवाह के दो वर्ष बाद उनका एक पुत्र हुआ जिसका नाम उन्होंने लोकेश सिंह रखा, वह विद्यालयी शिक्षा और उच्च शिक्षा पूरी कर चुका है परंतु नौकरी ना मिलने के कारण वह घर पर ही स्व-अध्ययन करता है। प्रयासों का उचित परिणाम ना मिलने के कारण लोकेश का स्वभाव थोड़ा सा चिड़ चिड़ा हो गया है। घनश्याम के बार बार समझाने पर भी लोकेश कुछ ऐसे लड़कों की संगत में रहता है जो कि लोकेश पर नकारात्मक प्रभाव डालते हैं और इससे पारिवारिक वातावरण बिगड़ता है।

लोकेश के पश्चात घनश्याम और सुशमा की एक पुत्री सुजाता हुई, वह स्कूली शिक्षा प्राप्त करने के बाद अभी कॉलेज की पढ़ाई कर रही है एवं विवाह योग्य भी हो गई है। घनश्याम उसके रिश्ते को लेकर चिंतित रहने लगा है।

परिवार की खुशहाली के लिए यह अत्यंत आवश्यक है कि सभी सदस्यों में आपसी संवाद होता रहे एवं वे एक दूसरे की भावनाओं का सम्मान करें। परंतु जैसे जैसे बच्चे बड़े होते हैं वैसे वैसे उनके और उनके माता-पिता के बीच वैचारिक मतभेद होना प्रारम्भ हो जाते हैं। ऐसा होने के कई कारण हो सकते हैं जैसे माता-पिता का रूढ़ीवादी होना, बच्चों का अत्यधिक खुले विचारों का होना, किसी तीसरे व्यक्ति का परिवार में दखल होना, इत्यादि। घनश्याम और बच्चों के बीच भी संवाद कुछ कम रहने लगा था, बच्चे अपने अपने काम में व्यस्त रहते और घनश्याम भी विद्यालय और पारिवारिक जिम्मेदारियों में उलझा रहता। ऐसा कहना उचित तो नहीं होगा कि वे खुश नहीं थे परंतु दिक्कत बस यह थी कि वे

सब एक साथ समय नहीं बिताते थे। यदि आप अपने परिवार को रोज़ समय दें तो आपसी प्रेम बना रहता है। सबका अपने अपने समय पर उठना व अलग-अलग समय पर खाना खाना भी दूरीयों को बढ़ावा देने का कार्य करता है। इसलिए परिवार में सभी को कम से कम दिन में एक समय का भोजन साथ करना चाहिए। ऐसा ही घनश्याम भी चाहता था; परंतु स्थितियां ऐसी बन जाती थी कि साथ समय बिताना संभव नहीं हो पाता था। हमारे भारत देश की बड़ी ही सुंदर और विशेष बात है कि पिता को परिवार का पालक और पुत्र को पिता की ज़िम्मेदारियों एवं संपत्ति का उत्तराधिकारी माना जाता है। यही धारणा या कह सकते हैं कि परंपरागत आचरण पुत्र को कई बार अपनी व्यक्तिगत पहचान बनाने से रोक देता है। हमारे देश में पुत्र के लिए एक विशेष दृष्टिकोण है, परिवार को पुत्र से बहुत अपेक्षाएं रहती हैं। जब पिता उम्र के उस पड़ाव पर पहुंचता है जहां वह ज़िम्मेदारी उठाने में सक्षम नहीं रहता; उस समय पिता अपने पुत्र की ओर देखता है। उसे अपने पुत्र से यह उम्मीद रहती है कि वह अपने पिता के हिस्से की ज़िम्मेदारी अपने कंधे पर उठाएगा; परिवार के हर सदस्य के सुख दुख का ध्यान रखेगा एवं परिवार को एकजुट बनाए रखने का प्रयास करेगा। और यदि ऐसा ना हो सके तो पिता की एवं पूरे परिवार की उम्मीदें टूट जाती हैं और वे हताश और निराश हो जाते हैं। तो बात करते हैं अब हस्ताक्षर (एक पहचान) नामक पुस्तक की। परंतु कहानी पर आने से पूर्व यह स्पष्ट करना आवश्यक है कि व्यक्ति कैसी संगत में रहता है इसका उसके व्यवहार और विचारों पर बहुत प्रभाव पड़ता है। पारिवारिक संस्कार भले ही उच्च कोटि के प्रदान किए गये हों परंतु यदि संगत गलत हो जाए तो अच्छे संस्कारों का कोई प्रभाव नहीं रह जाता। किसी भी व्यक्ति को यह समझ अवश्य होनी चाहिए कि अगर कोई व्यक्ति आपके पारिवारिक मामलों में बोल रहा है अथवा किसी सदस्य के विषय में कुछ बोल रहा है तो उसकी मंशा क्या है। जो व्यक्ति बाहरी व्यक्ति की बातों में बिना विचार किए बहुत सरलता से आ जाता है वह अपना ही अहित करता है और अपने परिवार में अशांति को निमंत्रण देता है।

यह कहानी एक सामान्य रूप से जीवन यापन करने वाले उन लोगों को समर्पित है जो बहुत ही कम साधनों के साथ परिश्रम एवं इमानदारी के साथ अपने सभी दायित्वों को पूरा करने का प्रयास करते हैं। सामाजिक रूप से भी वे सज्जन लोग हैं और सामाजिक कार्यों में भी बढ़ चढ़ कर हिस्सा लिया करते हैं। कहीं पूजन- कीर्तन हो, सत्संग हो, कथा पाठ हो रहा हो तो घनश्याम की पत्नी सुश्मा उसमें योगदान के साथ साथ हिस्सा भी अवश्य लेती थी। घनश्याम भी धार्मिक प्रवृति का व्यक्ति है, वह भी समस्त आयोजनों में समयानुसार प्रतिभाग करता रहता था। धार्मिक कार्यों में सम्मिलित होने से घर का वातावरण सकारात्मक बना रहता है परंतु लोकेश की संगत घर पर नकारात्मक उर्जा लाती है, जिससे घनश्याम और लोकेश के बीच विवाद उत्पन्न होते रहते हैं।

2

हस्ताक्षर काग़ज़ पर छूट गया

दिन जब सामान्य रहते हैं तो समय का पता नहीं चलता परंतु यदि यकायक कोई विपदा आन पड़े तो एक क्षण भी बहुत भारी जान पड़ता है। मनुष्य की प्रकृति ही ऐसी है कि वह बुरे समय की कल्पना मात्र भी करना नहीं चाहता। अब प्रक्रिया ऐसी है कि जिस विषय पर विचार किया जाएगा उसी के लिए खुद को तैयार किया जा सकता है, सामान्य व्यक्ति तो विपरीत परिस्थितियों के बारे में सोचता ही नहीं है। वह केवल सुख के क्षणों में खोया रहता है।

बात उस समय की है जब घनश्याम सिंह 58 की उम्र पर पहुंच गया था, और शरीर भी बढ़ती उम्र के साथ कुछ अस्वस्थ रहने लगा था। पेशे से घनश्याम एक प्राथमिक विद्यालय में हिंदी विषय का अध्यापक था। तो दिनचर्या कुछ ऐसी रहती थी कि सुबह पांच बजे उठना, दैनिक क्रिया करना, सूर्य देव को अर्घ्य देकर पूजा पाठ करने के उपरांत नाश्ता कर विद्यालय के लिए प्रस्थान करना। सुशमा जो कि घनश्याम की पत्नी है; अपने गृहस्थ जीवन के कार्य प्रातः काल से ही आरंभ कर दिया करती थी। उसका प्रातः उठना तो घनश्याम से भी पहले होता था। अब घनश्याम जी तो विद्यालय के लिए चल दिए, सुशमा अपने घर के

कामकाज में व्यस्त हो गई, परंतु बच्चे अभी प्रातः सात बजे सो रहे हैं। अब सुजाता जो कि घनश्याम की पुत्री है सुस्ताते हुए उठती है, समय आठ बजे हैं। उसका कॉलेज प्रातः साढ़े नौ बजे से लगता है, तो आदत भी अब देर से उठने की ही पड़ चुकी है। ना पिता से प्रातः मिलना हो पाता है और ना ही पूजा पाठ का समय रहता है। बस उठे, नहाए धोए, नाश्ता किया और चल पड़े कॉलेज के लिए। अब आते हैं जेयष्ट पुत्र लोकेश पर, महाशय स्वअध्ययन करते हैं क्योंकि पढ़ाई तो लगभग पूरी हो ही गई है, बस वर्तमान में कोई नौकरी नहीं मिली। तो लोकेश अभी सोया हुआ है, वह प्रातः दस बजे उठता है और नहा धोकर नाश्ता कर पुनः अपने कक्ष में चला जाता है। यहां तक होना सही भले ही ना लगता हो परंतु यदि तन मन लगाकर पढ़ाई करने के बाद उचित रोजगार ना मिल सके तो मनुष्य कहीं ना कहीं उदासीन और उद्देश्यहीन हो ही जाता है। बच्चों का घर में माता पिता के साथ संवाद होना अतिआवश्यक होता है क्योंकि इससे बच्चों के विचार माता पिता तक और माता पिता के अनुभव बच्चों तक पहुंच पाते हैं। बहरहाल, फिर एक दिन घनश्याम विद्यालय की छुट्टी के बाद सुशमा को फोन कर बताता है कि मुझे बैंक जाना पड़ रहा है तो सब खाना खा लेना।

ठीक है साहब अब घनश्याम विद्यालय से कुछ दूरी पर स्थित एक बैंक में पहुंच जाता है, यहां पर उसका बचत खाता भी है। वह एक फार्म

लेता है और उसे भरने लग जाता है। उसे कुछ रुपए निकालने थे, उसने सारा विवरण फार्म पर भरा और कैश निकासी लाईन में लग गया। लाईन में उसका नंबर दसवां था। धीमे-धीमे लाईन आगे बढ़ रही थी, सभी का काम अपनी-अपनी बारी से हो रहा था। घनश्याम का तीसरा नंबर आया तो उसका मोबाइल बजा, घर से पत्नी का फोन आया, कहने लगी कि आप जल्दी घर आ जाईए, बैंक का काम कल कर लेना; पड़ोस के शर्मा जी का स्वर्गवास हो गया है। शर्मा जी घनश्याम सिंह के बहुत अच्छे और घनिष्ठ मित्र थे। घनश्याम विचलित सा हो गया, अब तक लाईन में उसका नंबर भी आ गया। वह आनन फानन में वो फार्म उसी काउंटर पर छोड़कर घर के लिए ऐसे भागा जैसे कोई छुटती हुई ट्रेन को देखकर भागता है।

वह इतना व्याकुल हो उठा था कि उसे कुछ भी सुद बुद्ध नहीं रही, ऐसी स्थिति में वास्तव में मनुष्य यही व्यवहार करता भी है। घनश्याम जैसे तैसे घर पहुंच जाता है और अपना बस्ता घर पर उतार कर सीधे शर्मा जी के घर की ओर चला जाता है। गेट खुला हुआ था और लोग आने लगे थे। घर पर बहुत ही गमगीन माहौल बना हुआ था, जो कि होना स्वाभाविक भी था। खैर, घनश्याम का खास मित्र था तो वह भावुक हो गया, और आंसू छलकने लगे थे। दो चार घंटे में सभी निजी संबंधी आ चुके थे तो अब आगे के संस्कार विधिवत किये जाने की तैयारी होने लगी।

सबकुछ होते-होते रात दस बज गए थे, अब घनश्याम पीछे के दरवाजे से अपने घर आता है और सीधा नहाने के लिए चला जाता है। यह मान्यता है कि यदि कहीं दाह संस्कार में जाया जाता हो लौटकर अपने घर में प्रवेश नहा धोकर ही करना चाहिए। यही घनश्याम ने भी किया। समय काफी हो चला था तो रात का खाना सुशमा ने बना लिया था। बच्चे तो खा पीकर सो गए थे। घनश्याम भी खाना खा कर सो गया, अगले दिन सुबह स्कूल भी जाना था। सुबह उठकर जैसी दिनचर्या थी वैसे ही उसने अपने कार्य किए और स्कूल चला गया। एक सप्ताह बीत गया और जीवन सामान्य चलता रहा। एक दिन घनश्याम को लगा कि बहुत समय से बैंक की पासबुक अपडेट नहीं करवाई है, तो वह छुट्टी के बाद बैंक

चला जाता है, सुशमा को उसने बता दिया कि आने में ज़रा समय लगेगा, बैंक जा रहा हूं। वह बैंक पहुंचा और पासबुक अधिकारी को देते हुए बोला कि साहेब इसमें पीछले दस विवरण दे दीजिए। अधिकारी महोदय ने पासबुक प्रिंटिंग मशीन में डाली और कंप्यूटर पर विवरण निकाल कर छपाई शुरू कर दी। अब ज़्यादातर लोग ऐसी आदत रखते हैं कि घर जाकर ही प्रविष्ठियां देख लेंगे, और घनश्याम ने भी ऐसा ही किया। वह सब कामकाज निपटा कर घर पहुंचा, चाय पानी करने के पश्चात फुर्सत में वह अपनी पासबुक देखने लगा। वह देखकर सन्न रह गया, जिस रोज़ पड़ोस के शर्मा जी का निधन हुआ था उसी दिन घनश्याम के खाते से 50 हज़ार रुपए निकाले गए थे। उसने अपनी पत्नी सुशमा को सब बताया तो मानो घर का वातावरण ही चिंतामय हो गया था। बच्चों का तो ज़्यादा ध्यान अपने ही कामों में रहता था तो उनसे इस विषय में कुछ बात हुई भी नहीं। सुशमा बोली कि क्या आपने बैंक में पैसे निकालने के लिए फार्म भर लिया था, वो फार्म कहां है? घनश्याम ने उस समय की घटनाओं को स्मरण करने का प्रयास किया, पर कुछ विशेष उसे याद नहीं आया। अब घनश्याम की पत्नी अधिक तनाव में आ गई और रोने लगी कि पता नहीं कैसे यह धोखाधड़ी हो गई। रोते हुए बोली शायद उस दिन बैंक में फोन ना करती आपको तो यह नहीं होना था। घनश्याम को अचानक याद आया कि अरे मैंने आनन फानन में पैसे निकालने का फार्म काउंटर पर छोड़ दिया था, उसमें मेरे हस्ताक्षर भी थे।

3

अपनों से मिली चोट

हस्ताक्षर वाकई बहुत अहम चिन्ह होता है, एक हस्ताक्षर पर बहुत कुछ निर्भर करता है क्योंकि इसके होने से आपकी स्वीकृती और ज़िम्मेदारी घोषित होती है।

अब घनश्याम अगले दिन स्कूल से छुट्टी लेकर सुबह बैंक खुलने के समय पर ही बैंक मैनेजर के पास पहुंच गया और सारी बात बताई। वह बोला कि किसी ने मेरे हस्ताक्षर का प्रयोग कर 50 हज़ार रुपए की धन

निकासी की है, कृपा कर इस मामले की जांच कर मेरी सहायता कीजिए। मैनेजर बहुत ही सज्जन व्यक्ति था, वह बोला कि महोदय आप एक पत्र लिखिए और इस घटना का उल्लेख उसमें कीजियेगा। उस पत्र पर आपके नाम सहित हस्ताक्षर होना आवश्यक होगा। घनश्याम ने एक निवेदन पत्र मैनेजर के नाम लिखा, सारी बात का उल्लेख करते हुए उसमें अपने हस्ताक्षर किए और वह पत्र मैनेजर साहब को दे दिया। बैंक मैनेजर ने वह पत्र कार्यवाही हेतु तत्काल अग्रसारित कर दिया। दो दिन का समय लगा सब जांच पड़ताल होने में, अब जांच समिति ने अपनी रिपोर्ट में बताया कि जिस हस्ताक्षर से धन निकाला गया था और जो हस्ताक्षर निवेदन पत्र पर अंकित हैं, वे दोनों ही हस्ताक्षर भिन्न हैं, यद्यपि बैंक अकाउंट नंबर दोनों एक ही हैं मगर हस्ताक्षर भिन्न होने के कारण इस निवेदन पर कार्रवाई करना संभव नहीं है। घनश्याम को फोन पर यह सूचना दी गई। घनश्याम तुरंत बैंक पहुंचा और मैनेजर से बोला कि दोनों पर मैंने ही हस्ताक्षर किए हैं, हो सकता है घबराहट में थोड़ा अलग हो गया होगा, आप एक बार फिर से मिलान कराने की कृपा करें, मैं फिर से हस्ताक्षर किए देता हूं। मैनेजर बोला ठीक है आप हस्ताक्षर पुनः कर दीजिए; जांच संपन्न हो जाने पर आपको सूचित किया जाएगा। घनश्याम लौटकर अपने घर आता है तो सब निराश होकर पूछते हैं कि कुछ हल निकला अथवा नहीं? घनश्याम कहता है कि प्रक्रिया चल रही है; थोड़ा समय लगेगा। अब सरकारी काम इतना सहज हो जाए तो फिर आदमी का जीवन आसान ना हो जाएगा। घनश्याम का पुत्र लोकेश कहता है कि अब वो पैसे गये समझो, बेकार है चक्कर काटना बैंक के; वैसे भी ये बैंक वाले ढंग से बात नहीं करते हैं। वह बोला मैंने एक व्यक्ति से पूछा था, उसकी पहचान ऊपर तक है वो कुछ करवा देगा।

घनश्याम ने साफ स्पष्ट स्वर में कहा कि प्रक्रिया चल रही है, ऐसे ही किसी अंजान को अपनी गोपनीयता नहीं बताया करते हैं। यहां पर घनश्याम को थोड़ा नम्रता पूर्वक व्यवहार करना चाहिए था ताकि लोकेश को ये ना लगता कि उसकी बात को सुना ही नहीं गया। पूरी बात सुनने के उपरांत फिर अच्छे से समझाया जा सकता था। अब लोकेश तो ठहरा यौवन का शिकार, गर्म जोश और कुछ हद तक नासमझ भी, उसे लगा

कि उसे कुछ नहीं समझा जाता तो खुद की समझदारी व्यक्त करने के उद्देश्य से उसने आवेश में आकर एक पत्र लिखा और स्वयं अपने पिता के जाली हस्ताक्षर कर वह पत्र उस व्यक्ति को दे आया जिसका ज़िक्र वह अपने पिता से कर रहा था। परंतु उसने इस विषय में किसी को कुछ नहीं बताया। घनश्याम के घर उसके मित्रों एवं रिश्तेदारों का आना जाना भी लगा रहता था। अब किसी पुत्र के लिए यह भी बहुत अपमानजनक बात बन जाती है कि कोई घर पर आए और पिता से अथवा पुत्र से यह प्रश्न पूछे कि आजकल क्या करते हो? और पिता या पुत्र के पास कोई सम्मानजनक उत्तर नहीं हो। यह ऐसी स्थिति है जो मानसिक तनाव को बढ़ावा देने का कार्य करती है। एक सप्ताह बीत जाता है, ना ही बैंक से कोई सूचना आती है और ना ही लोकेश के पत्र पर कोई प्रतिक्रिया आती है। किसी के हस्ताक्षर का प्रयोग करना गंभीर अपराध माना जाता है। भले ही किसी को ज्ञात ना हो परंतु लोकेश जानता था कि मैंने पिताजी के हस्ताक्षर का प्रयोग कर सही तो नहीं किया है मगर मसला सुलझ गया तो इस ओर किसी का ध्यान नहीं जाएगा। मनुष्य पूरी दुनिया के दिए धोखे से तो एक रोज़ उभर जाता है परंतु यदि धोखा देने वाला अपना ही व्यक्ति हो तो इससे भावनाओं को ऐसी चोट लगती है जिससे उभरने में बहुत समय लग जाता है और कभी पुनः विश्वास उत्पन्न होने में भी संकोच होता है। भले ही लोकेश की मंशा कुछ भी रही हो परंतु पिता के हस्ताक्षर का प्रयोग करना एक बहुत गलत और गंभीर कृत था। बिना अनुमति तो किसी की वस्तु का प्रयोग भी अपराध माना जाता है। अभी तक तो परिवार में कोई भी लोकेश के किए गए इस काम से अवगत नहीं था।

4

विपदाओं से नाता

एक दिन घनश्याम के घर कुछ लोग आते हैं और कहते हैं कि घर तो बहुत अच्छा है भाई पर थोड़ा महंगा बेचा आपने, खैर कोई बात नहीं, हम अगले हफ्ते से रहने आ रहे हैं तो आप लोग यह घर खाली कर दीजियेगा। इतने तक सब हैरानी से सुनते रहे, फिर घनश्याम थोड़ा क्रोधित होकर पूछता है आप लोग हैं कौन, गलत जगह आ गये हो, यह घर कहीं भी बेचा नहीं गया है। यह प्रतिक्रिया मिलने पर आए हुए लोग भी थोड़ा लहज़ा बदल देते हैं, बेचा नहीं, पागल वागल हो गये हो? 35 लाख रुपए दिए हैं, एग्रीमेंट हुआ है मकान का, सब काग़ज़ हैं हमारे पास। अब घनश्याम ज़रा चिंतित हुआ और हिचकते हुए बोला, काग़ज़ दिखाओ मुझे। घनश्याम का पुत्र लोकेश भी वहां उपस्थित था और घबराहट में सबकुछ होते हुए देख रहा था। उस व्यक्ति ने दस्तावेज दिखाए, और बोला देखो इसमें आपके हस्ताक्षर हैं।

घनश्याम ने ध्यान से काग़ज़ात देखे और अंत में अपने हस्ताक्षर देखकर आश्चर्यचकित हो गया, बोला देखीये भाईसाहब कुछ गलत हुआ है, क्योंकि मैंने यह दस्तावेज पहली बार देखा है, इसमें हस्ताक्षर करने का सवाल ही पैदा नहीं होता। अब वे लोग बोले देखो जो भी हो आपके हस्ताक्षर से प्रमाणित होता है कि यह घर आप हमें बेच चुके हैं, बाकी हम कुछ नहीं जानते; घर खाली करना होगा। घनश्याम सिर पकड़ कर बैठ गया, श्वास भी उपर नीचे होने लगा था, बहुत ही विकट स्थिति

सामने आ खड़ी हुई थी। वह सोचने लगा मैंने कभी भी यह दस्तावेज पर हस्ताक्षर नहीं किए, फिर यह कैसे हो सकता है! घनश्याम ने उन लोगों से पूछा कि आपको घर के काग़ज़ किसने लाकर दिए, क्योंकि मैं तो कभी आपसे मिला ही नहीं हूं। वे व्यक्ति लोकेश की ओर देखते हुए कहते हैं कि इन्होंने ही तो यह सौदा करवाया है, 35 लाख रुपए नगद दिए हैं हमने। लोकेश तुरंत बोला मुझे कोई पैसे नहीं दिए गए हैं, झूठ बोल रहे हैं ये लोग; मैंने तो बस एक पत्र दिया था हस्ताक्षर कर के जिसमें पिताजी के पैसे वाले मामले को सुलझाने का ज़िक्र था। वह व्यक्ति बोला हस्ताक्षर किस के? लोकेश ने एक श्वास में कहा पिताजी के।

सब लोग हैरत में पड़ गए थे, और वह व्यक्ति बोला तुमने अपने पिता के जाली हस्ताक्षर किए?

अब लोकेश कुछ नहीं बोला, वह चुप था और घनश्याम भी अब बहुत गुस्से से लोकेश की ओर देखने लगा। तुझे ज़रा सी भी शर्म नहीं आई अपने ही पिता के जाली हस्ताक्षर करते हुए। हमारे देश में पुत्र के लिए एक विशेष दृष्टिकोण है, परिवार को पुत्र से बहुत अपेक्षाएं रहती हैं। जब पिता उम्र के उस पड़ाव पर पहुंचता है जहां वह ज़िम्मेदारी उठाने में सक्षम नहीं रहता; उस समय पिता अपने पुत्र की ओर देखता है। उसे अपने पुत्र से यह उम्मीद रहती है कि वह अपने पिता के हिस्से की ज़िम्मेदारी अपने कंधे पर उठाएगा। इतने में घनश्याम को एक संदेश प्राप्त हुआ कि आपके खाते में 50000 रुपए सफलतापूर्वक जमा हो गए हैं। जो पुरानी समस्या थी उसका निवारण हो गया था परंतु स्वयं के ही पुत्र के द्वारा घनश्याम पुनः एक नई समस्या में पड़ गया था।

अब यह संकट कैसे दूर हो वह विचार करने लगा, घनश्याम की पत्नी सुशमा दबे स्वर में घनश्याम के कान में कहती है कि इनसे बोलीये कि ये काग़ज़ किसी काम के नहीं हैं क्योंकि जो हस्ताक्षर हैं वह पहले तो नकली हैं; दूसरा वो स्टेंप के नीचे किए गए हैं। हस्ताक्षर हमेशा स्टेंप के ऊपर किए जाते हैं। और वैसे भी ये हस्ताक्षर मेरे नहीं हैं; सुश्मा की बात घनश्याम को समझ में आई। वह बिल्कुल ऐसा ही उन व्यक्तियों से बोला, साथ ही पूछा आप लोगों ने यदि पैसा दिया है तो रसीद दिखा दो। इतनी बड़ी रकम बिना रसीद दी जाए यह तो संभव नहीं है। उन लोगों को आभास हुआ कि मामला गड़बड़ हो रहा है, वे घबराहट में बोले कि देखो हमने यह घर खरीदा है, हम कल फिर आएंगे। अभी हमें किसी और काम से जाना है, यह घर खाली कर देना। जैसे ही वे लोग घर से बाहर निकल गये तो सुश्मा ने घनश्याम को बैंक में जाकर अपने हस्ताक्षर बदलने को कहा, यह बात उसने पुत्र लोकेश के सामने नहीं कही। घनश्याम बैंक जाकर अपने हस्ताक्षर बदलकर आ गया। और उसने एक घोषणा पत्र भी तैयार करवा दिया कि बीते दिनों यदि मेरे हस्ताक्षर का प्रयोग मेरी अनुमति के बिना हुआ हो तो उसे अवैध माना जाए। इतना सब कर वह घर आया, लोकेश माता पिता के भय के कारण अपने मित्र के घर चला गया था, वह शाम तक भी लौटा नहीं। घनश्याम ने लोकेश को फोन कर घर आने को कहा, और बोला कि गलतीयां सबसे होती हैं, इस

तरह का व्यवहार करना ग़लत बात है, तुम्हारी माता चिंतित हो रही है, तुरंत घर लौटो। अब यहां सवाल एक यह भी आना स्वाभाविक है कि क्या वजह रही होगी जिसके कारण लोकेश ने अपने ही पिता के जाली हस्ताक्षर का प्रयोग किया। लालच? किस बात का! साजिश? किसके विरुद्ध! दरअसल यह घटनाक्रम आपस में संवाद और भावनाओं की कमी के कारण हुआ। पिता ने पुत्र की बात बिना सुने नकार दी, पुत्र ने भी पिता के निर्देश का पालन करना उचित नहीं समझा। जब आप किसी से संवाद और भावात्मक रुप से कट जाते हैं तो गलतफहमियां जन्म लेती हैं। बहरहाल अब माता पिता की भावुकता और चिंता देख लोकेश घर लौट आता है। सभी परिवार जन रात को साथ बैठकर विचार करने लगे कि समस्या का निवारण कैसे करें। इतने में घनश्याम की पत्नी सुशमा कहती है कि लोकेश यदि तुम एक घोषणा पत्र लिखो कि यह सब तुमने भूलवश किसी के बहकावे में आकर किया है तो शायद यह सब मामला ठीक हो जाएगा। घनश्याम अचानक बोला कि कल मैं थाने जाकर एक प्रार्थना पत्र दे आऊंगा कि मेरी सहमति के बिना ही कुछ लोग मेरे घर को खरीदने का प्रयास कर रहे हैं। जो हस्ताक्षर उनके काग़ज़ में है वह फर्ज़ी है एवं मेरा उससे कोई लेना देना नहीं है। कृपया इसपर कार्यवाही करते हुए उनके दस्तावेज जब्त कर नष्ट कराने की कृपा करें। सभी परिवार के लोग इस बात से सहमत हुए और खा पीकर सोने चले गए। सुबह उठकर घनश्याम एक प्रार्थना पत्र लिखता है और पास के क्षेत्रीय थाने के लिए निकल पड़ता है। उसने सारा विवरण थानाध्यक्ष महोदय को बताया एवं अपनी चिंता भी व्यक्त करते हुए बोला, सर हम बहुत ही साधारण लोग हैं; यह सब हमको नहीं आता है। कृपया कर इस मुसीबत से छुटकारा दिलाने में सहायता करें। सौभाग्य साथ होने के कारण घनश्याम को थानाध्यक्ष महोदय भी सज्जन मिले। उन्होंने घनश्याम से पूछा वो लोग कब आने को कह गए थे? घनश्याम ने उत्तर दिया कि आज ही आने को कहे थे वो तो। थानाध्यक्ष घनश्याम के साथ ही आने को तैयार हो गए, वे बोले कि देखीये भाईसाहब आपको चिंता करने की आवश्यकता नहीं है। यदि कोई व्यक्ति सहमत ना हो तो हस्ताक्षर का कोई महत्व नहीं रह जाता है।

अब वे दोनों घनश्याम के घर के लिए चल पड़ते हैं। घर पर पहुंचते ही देखा कि वो लोग वहां घनश्याम के पुत्र लोकेश से बहस कर रहे हैं। थानाध्यक्ष को घनश्याम के साथ देख वे लोग थोड़ा घबरा गए और दबे स्वर में बोले कि घर खाली करना होगा। थानाध्यक्ष के कानों में यह बात पड़ गई, उसने उन लोगों को ज़रा किनारे आने का इशारा किया। वे लोग बोले कि साहेब हमने यह घर खरीदा है, ये लोग पैसे लेकर भी घर खाली नहीं कर रहे हैं। थानाध्यक्ष ने उनसे काग़ज़ दिखाने को कहा, जैसे ही काग़ज़ उसके हाथ में आए; एक ही झटके से थानाध्यक्ष ने वे काग़ज़ फाड़ दिए। उन लोगों को बोला कि धोखाधड़ी के अपराध में तुम सबको एक एक वर्ष का कारावास होगा। अगर तुम घनश्याम से माफी मांगकर अपना अपराध स्वीकार कर लो तो संभवतः कुछ नरमी बरती जा सकती है। बाकी तो कुछ ना बोले पर उनमें से ही एक लड़का तुरंत बोल पड़ा कि सर मैंने कुछ नहीं किया है; इनको मना किया था मैंने कि ऐसा फर्जी काम मत करो, पर इन्होंने मेरी एक ना सुनी। सर इन्होंने लोकेश के माध्यम से यह सब किया है। अब थानाध्यक्ष को सब मामला समझ आ गया; बाकी दोनों भी क्षमा मांगने लगे कि हमसे लालच वश ऐसा हो गया है। थानाध्यक्ष ने उनको लिखित माफी मांगने को कहा और कुछ जुर्माना लगाकर दुबारा ऐसा करने पर कड़ी सज़ा की हिदायत देते हुए जाने दिया। घनश्याम और उसके परिवार से मानो इतना बड़ा संकट टल गया कि वे सब खुशी से घर में स्थापित ईश्वर की प्रतिमा को धन्यवाद करने लगे। स्वाभाविक भी है जिस मनुष्य ने कभी कोई छल कपट, झूठ, अधर्म ना देखा हो वह घबरा जाता है। अब सब लोग निश्चिंत होकर दिन के भोजन में लग गए, घनश्याम ने अपने स्कूल से छुट्टी ली हुई थी और बाकी अन्य सदस्य भी घर पर ही थे। घनश्याम की पुत्री घनश्याम से कहने लगी कि यदि हमें यह घर खाली करना पड़ता तो हम कहां जाते पापा? घनश्याम ने उत्तर देते हुए कहा कि जो कुछ हुआ ही नहीं है उसके बारे में बात नहीं करनी चाहिए। सभी मानसिक रूप से बहुत थक गए थे तो सब भोजन कर सोने चले गए और शाम की भी सब क्रिया सामान्य ही रही। अगले दिन सबने अपने अपने काम पर जाना था; इसलिए रात को भी जल्दी ही सो गए थे। दिन सामान्य चलते रहे कुछ महीने बीत जाने

पर घनश्याम ने अपनी पुत्री का विवाह संपन्न किया एवं बहुत ही अच्छे परिवार में उसका रिश्ता किया।

5

आखिरी ज़िम्मेदारी

जैसे जैसे दिन बीत रहे हैं,
कुछ हारे योद्धा जीत रहे हैं,
वक्त सभी का आता है,
आया जो है जाता है।

60 वर्ष की आयु में घनश्याम सेवानिवृत्त हो गया और बहुत धूमधाम से उसे विद्यालय द्वारा सेवानिवृत्त विदाई दी गई। अक्सर यह देखा जाता है कि एक अहम हिस्सा जीवन का जब हम किसी संस्था में कार्य करते हुए बिता देते हैं तो फिर उस दिनचर्या को भुला देना इतना सरल नहीं हो पाता। घनश्याम के साथ भी कुछ ऐसा ही हो रहा था, वह सेवानिवृत्त तो हो गया परंतु क्या करूं क्या करूं के भाव से परेशान रहने लगा। जैसे जैसे दिन बीत रहे थे, अब शरीर भी अस्वस्थ रहने लगा था, उसके मन में एक दिन विचार आया की एक वसीहत तो बना ही देनी चाहिए ताकि सुशमा को भी कष्टों का सामना नहीं करना पड़े।

कितना ही पूरा करना चाहो,
कुछ अधूरा रह जाता है,
कुछ अधूरा रह जाता है,
कुछ पूरा रह जाता है।

घनश्याम भी इसी भय के कारण कि कहीं उसके बाद परिवार को कष्टों का सामना नहीं करना पड़े अपनी वसीहत बनवा देना चाहता था। परंतु यह बात वह गोपनीय रखना चाहता था; तो बाज़ार जाने को कहकर वह एक दिन कचहरी में परिचित वकील साहब के पास पहुंच गया। उसने वकील को वसीहत में क्या क्या लिखना है सब समझाया कि वह अपने बाद अपनी धर्मपत्नी सुशमा को अपना उत्तराधिकारी बनाना चाहता है। इस वसीहत को गोपनीय रखने को कहकर वह बोला आप इसे तैयार रखीयेगा; मैं स्वयं ही आपसे यह वसीहत लेने आऊंगा। वकील ने बताया काग़ज़ तैयार होने पर आपको आना होगा इसपर हस्ताक्षर करने। घनश्याम ने भी उत्तर दिया ठीक है साहब मैं आ जाऊंगा। तो वकील ने तीन दिन बाद 12 बजे आने के लिए कहा। कुछ सब्जियों व फलों के साथ घनश्याम घर पहुंच गया, और सब सामान्य ही दिख रहा था। घनश्याम की पत्नी सुशमा ने पूछा कि काफी देर लगी आपको? तो घनश्याम उत्तर देते हुए बोला कि आजकल बाज़ार जाना भी कोई सरल काम नहीं रह गया है, इतना जाम मिलता है कि क्या कहा जाए।

अभी जिस तांगे में आया हूं वह भी लंबे जाम में फस गया था। परिवार के सभी लोगों को सब सामान्य ही लग रहा था तो किसी को कोई संदेह भी नहीं हुआ। सभी पारिवारिक गतिविधियां सामान्य ही चलती रही। अब तीसरे दिन घनश्याम को कचहरी जाना था तो वह बोला मैं ज़रा आज विद्यालय तक हो आता हूं बहुत समय से साथीयों से मिलना नहीं हुआ है; इसी बहाने मुलाकात हो जाएगी और हाल चाल भी पूछना हो जाएगा, जीवन का एक बहुत लंबा समय उनके साथ बिताया है। सुश्मा भी बोली हां हां मिल आओ आपका मन भी बहल जाएगा, घर पर तो परेशान ही हो जाते हो।

घनश्याम विद्यालय जाने के बहाने कचहरी के लिए निकल पड़ा। वकील ने सभी दस्तावेज तैयार रखे थे, बस जज साहब और घनश्याम के आने का इन्तजार था। घनश्याम कचहरी पहुंच गया; थोड़ी देर बैठने पर जज साहब भी कचहरी पहुंच गए। अब वकील और घनश्याम सीधा कोर्टरूम पहुंचे, जज साहब को प्रकरण के बारे में वकील ने पहले से ही बता दिया था। घनश्याम से पूछा गया कि क्या यह वसीहत आपके द्वारा पढ़ी गई है? एवं आप अपनी व्यक्तिगत सहमति से इसे प्रमाणित करना चाहते हैं?

घनश्याम बोला जी हां जज साहब यह मैंने स्वयं ही बनवाई है, क्योंकि अब स्वास्थ्य कुछ ठीक नहीं रहता और परिवार एवं पत्नी को मेरे बाद कष्ट नहीं होना चाहिए। घनश्याम से जज साहब ने वसीहत पर हस्ताक्षर करने को कहा; और एक प्रति कोर्ट के पास रखी गई, दूसरी प्रति सरकारी दस्तावेजों में रख दी गई, वसीहत की मूल प्रति घनश्याम को प्रदान की गई। जज साहब ने घनश्याम से वसीहत संभाल कर रखने को कहा ताकि कोई इसका दुरुपयोग नहीं कर सके। इतना सब करने के पश्चात घनश्याम तांगे से घर पहुंच जाता है; परंतु उसने वसीहत किसी को भी नहीं दिखाई, बल्कि इस बात का उल्लेख भी किसी से नहीं किया। वह चुपचाप अपने कमरे में जाकर वसीहत को किसी गोपनीय स्थान पर रख देता है। दिन बीते, माह बीते, पांच वर्ष बीत गए; एक दिन प्रातः काल घनश्याम नाश्ता करते समय पानी पीने के बाद यकायक अचैत हो गया। परिवार के सदस्यों ने बहुत प्रयास किया परंतु घनश्याम को होश नहीं आया। लोकेश घनश्याम को अस्पताल लेकर पहुंचा जहां चिकित्सकों ने परिक्षण करने के पश्चात घनश्याम को मृत घोषित कर दिया। घनश्याम अपने पुत्र का विवाह नहीं कर सका; इसके दो कारण थे, पहला तो पुत्र की नौकरी ना लग पाना और दूसरा कारण था उसके पुत्र का स्वभाव। वह जाने किस कारणवश पिता के विपरित ही विचार रखता था।

अब घनश्याम की ऐसी आकस्मिक मृत्यु से सारा परिवार मानो एक अकल्पनीय सदमे में आ गया, घर पर मातम छा गया। अब?

अब विपदा आन पड़ी है घर,

आंसू बहाते नयना भर भर,

कौन है अपना कौन पराया,
रिश्ते नाते गये किधर?
कोई आए कोई जाए,
भला मनुज था यही बताए,
जीवन जिसका नहीं रहा सरल,
गया वही अब घनश्याम फिसल।

6

एक और गलती

मनुष्य सारी उम्र यह सोचकर बिता देता है कि मेरे माता-पिता, मेरे भाई बहन, मेरे बीवी बच्चे, मेरी रिश्ते नाते आदि, परंतु जब अंतिम यात्रा की बात आती है तो मनुष्य अकेला ही होता है। यही जीवन का अटल सत्य है।

लोगों का आना शुरू हो गया, घनश्याम की पत्नी सुशमा का रो रो कर बुरा हाल था, बच्चे भी गुमसुम से ही बैठे थे, मानो सिर का छत्र उतर गया हो, और अब धूप में नंगे सिर जाना होगा। यह एक ऐसा समय होता है जो मनुष्य को अकेले ही खुद में सहनशक्ति विकसित कर बिताना होता है। ऐसे समय का कोई भी सहभागी नहीं बन सकता भले ही वह कितना ही बड़ा आपका हितैषी क्यों ना हो। वह दिन तो सबके आने और अंतिम दर्शन में निकला अब अगले दिन सुबह घनश्याम का अंतिम संस्कार होना था तो उसकी तैयारी की जाने लगी। सभी सगे संबंधियों सहित यात्रा घनश्याम को लेकर चल पड़ी और सारे विधि विधान के साथ घनश्याम का अंतिम संस्कार संपन्न हुआ। घनश्याम का परिवार कुछ दिन तो बहुत ही उदास रहा; पर नियती के साथ सामंजस्य बिठाने का प्रयास भी करने लगे थे। एक महीना लगा परिवार के सदस्यों को थोड़ा सामान्य होने में; फिर पुनः दैनिक गतिविधियां वैसे ही चलने लगी। लोकेश के विवाह की ज़िम्मेदारी सुशमा पर आ गई थी, तो वह उसी प्रयास में लगी रहती थी।

दो माह पश्चात बिजली पानी के बिल आने पर सबको ज्ञात हुआ कि बिलों पर घनश्याम का ही नाम अंकित है। घनश्याम की पत्नी सुशमा लोकेश से संस्थानों में नाम परिवर्तित कराने को कहती है, तो लोकेश ने अगले दिन सुबह जाने की बात कही। जिस दिन यह बात चल रही थी उसी दिन दोपहर के समय वकील साहब भी घर पहुंचे, उन्हें भी घनश्याम के स्वर्गवास की सूचना प्राप्त हुई थी। वकील साहब घनश्याम की पत्नी सुशमा से बोले कि घनश्याम जी ने मृत्यु से पूर्व अपनी वसीहत बनवाई थी। इस वसीहत के अनुसार घनश्याम के उपरांत उनकी पत्नी सुशमा देवी जी उनकी चल अचल संपत्ति की उत्तराधिकारी मानी जाएंगी। उन्होंने स्वेच्छा से हस्ताक्षर कर यह वसीहत प्रमाणित की है। सभी परिवार वालों ने इस बात पर स्वीकृति दी कि पिता जी के बाद मां का ही दायित्व है परिवार एवं संपत्ति की देखरेख करना। वकील साहब ने लोकेश से वसीहत की एक प्रति बैंक में जाकर जमा करने को कहा एवं वहां से चले गए। हस्ताक्षर एक ऐसा महत्वपूर्ण चिन्ह है जो स्वीकृति को अस्वीकृति और अस्वीकृति को स्वीकृति बना देने की क्षमता रखता है। अब लोकेश सबके कहे अनुसार अगले दिन सुबह बैंक के लिए निकल पड़ा, सभी दस्तावेज भी साथ ले लिए। अब वह बैंक के मैनेजर से मिलने पहुंचा और उन्हें अपने आने का प्रयोजन बताया कि श्री घनश्याम जी जो कि मेरे पिता हैं उनके स्वर्गवास के पश्चात उनकी पत्नी सुशमा देवी अर्थात मेरी माता जी का नाम खाते में पंजीकृत कराना है। चलीये साहब अब फार्म भी भरा जाने लगा, और एक पहचान पत्र लगाकर लोकेश ने अपने हस्ताक्षर फार्म पर कर दिए। मैनेजर साहब ने वसीहत की प्रति सत्यापन हेतु मांगी, तो लोकेश ने वसीहत की प्रति भी दे दी। जांच होने की प्रक्रिया शुरू हो जाती है,

जब हाथ लगाया सोने को; पत्थर निकला सोना भी,

नयन भीगना भूल गए और व्यर्थ गया फिर रोना भी।

जांच अधिकारी लोकेश को बुलाता है और कहता है मान्यवर यह काम संभव नहीं है। लोकेश कारण पूछता है।

(आप सभी को यदि ज्ञात हो तो घनश्याम एक दफा पहले धोखाधड़ी वाले मामले में बैंक आकर अपने हस्ताक्षर बदल चुका था।)

अब समस्या ये आन पड़ी कि वसीहत में घनश्याम ने अपने पुराने हस्ताक्षर कर दिए और बैंक के पास नये हस्ताक्षर थे तो दोनों में असमानता आ रही थी। ऐसे में मैनेजर ने कार्य ना हो पाने को कहकर लोकेश को घर भेज दिया। लोकेश भी हैरत में पड़ गया था कि ऐसा कैसे हुआ। वह अपनी मां सुषमा देवी को सारी बात बताता है, मां बोली कि तुम्हारे पिता भी इतने तनाव में रहते थे कि बस सारे काम गड़बड़ हो जाते थे। इसका क्या उपाय हो सकता है वह लोकेश से पूछती है। लोकेश बोला मेरे तो समझ में नहीं आ रहा है कुछ, ऐसी ऐसी हमारे जीवन में घटनाएं हो रही हैं कि बस अब और नहीं सहन होता। इतने सुषमा बोली कि रुक रुक मेरे पास उन्होंने कुछ रखने को दिया था शायद। वह अलमारी खोलकर देखती है तो उसे वह प्राथना पत्र मिलता है जो घनश्याम ने बैंक मैनेजर के नाम लिखा था अपने हस्ताक्षर बदलने हेतु। वह लोकेश से बोली कि चल हम मैनेजर साहब से मिलकर आते हैं। इस बार दोनों साथ में बैंक आकर मैनेजर से मिलते हैं। मैनेजर के कार्य ना होने को कहने पर सुषमा ने वह प्राथना पत्र दिखाया जिसमें घनश्याम ने अपने हस्ताक्षर बदलने को लेकर लिखा था। मैनेजर साक्ष्य देख संतुष्ट हो जाता है व फार्म पर त्वरित कार्रवाई हेतु निर्देश देता है। अब एक घोषणा पत्र सुषमा को दिया जाता है जिसमें सुषमा के हस्ताक्षर होने हैं। फार्म पर हस्ताक्षर होने के पश्चात सभी दस्तावेज घनश्याम की पत्नी सुषमा के नाम पर

स्थानांतरित कर दिए गए। लोकेश और सुशमा घर आते हैं व आपस में संवाद करते हुए कहते हैं कि हस्ताक्षर भी क्या चीज़ है मिल जाए तो कमाल है और ना मिला तो बवाल है। सुशमा लोकेश से कहती है कि कहीं भी हस्ताक्षर करना तो बहुत ध्यान से देख भाल कर ही करना। कहानी तो परिवार की अनंत होती है परन्तु यहां शब्दों का बंधन है और समय का अभाव इसलिए इस उपन्यास को इस मोड़ पर विराम देते हैं इस कामना के साथ कि घनश्याम का परिवार अब खुनहाली से दिन यापन कर रहा होगा।

हस्ताक्षर (एक पहचान) पुस्तक की व्यावहारिकता

सामान्य और विशिष्ट एवं अति विशिष्ट सभी व्यक्तियों के लिए हस्ताक्षर की उपयोगिता बहुत अधिक रहती है। या यह भी कहा जा सकता है कि हर साक्षर व्यक्ति अपने द्वारा नियमित अभ्यास से विकसित हस्ताक्षर का प्रयोग आवश्यकता अनुसार अवश्य करता है। कभी किसी दस्तावेज पर, कभी किसी समझौते पर, कभी किसी शिकायत पर तो कभी किसी प्रशस्ति पत्र पर, ऐसे अनेक अवसर जीवन में आते हैं जब व्यक्ति को अपने हस्ताक्षर का प्रयोग करना पड़ता है। परंतु ध्यान देने योग्य बात यह है कि अपने हस्ताक्षर का प्रयोग कब और कहां करना चाहिए?

जब आप किसी दस्तावेज को पढ़कर उससे पूर्णतया सहमत व संतुष्ट हो जाएं तभी उसपर हस्ताक्षर स्वरूप अपनी स्वीकृति प्रदान करें। कहीं भी बिना संतुष्ट हुए हस्ताक्षर करना समस्याओं को जन्म देता है। केवल किसी के आश्वासन मात्र से भी हस्ताक्षर करने से बचना चाहिए, क्योंकि उसमें आपकी व्यक्तिगत जानकारी और संतुष्टि का अभाव रहता है। आपका जो मूल हस्ताक्षर है उसी का प्रयोग करना अनिवार्य होता है, बार बार हस्ताक्षर में परिवर्तन करने से बहुत सी परेशानियां उत्पन्न हो सकती हैं, जिससे कि आप कठिनाई में भी पड़ सकते हैं। हस्ताक्षर का अभ्यास आपको अपने स्कूल के दिनों से आरंभ कर देना चाहिए ताकि आप एक अच्छे व प्रभावी हस्ताक्षर का चयन समय से कर लें। हस्ताक्षर सामान्यतः कई बार व्यक्ति के नाम का ही एक आकर्षक स्वरूप होता है परंतु कुछ व्यक्ति इसे अधिक प्रभावशाली बनाने की आकांक्षा से हस्ताक्षर में बहुत बार प्रयोग करते हैं। ऐसे करने से वह व्यक्ति अपने हस्ताक्षर में पकड़ खो बैठता है और पुराने एवं नए हस्ताक्षर में उलझकर रह जाता है। इसलिए हस्ताक्षर का अभ्यास स्कूल के दिनों में आरंभ करना उचित रहता है एवं जो हस्ताक्षर चयनित किया जाए उसे ही अपना मूल हस्ताक्षर बना लेना चाहिए। अब यदि कभी ऐसा हो कि आपके हस्ताक्षर का कहीं पर किसी दस्तावेज में दुरुपयोग किया

जाए, उस स्थिति से भी कैसे निपटा जाए इसका ज्ञान आपको होना आवश्यक है। क्योंकि हस्ताक्षर का दुरुपयोग कानून एक गंभीर अपराध की श्रेणी में आता है। इसकी जानकारी आपको होनी चाहिए।

सजग, सचेत और सावधानी पूर्वक अपने हस्ताक्षर का प्रयोग करें।

सादर धन्यवाद

श्री अभिषेक गौड़

प्रेरणा एवं आभार

मैं विशेष आभार प्रकट करता हूँ निम्नलिखित महान व्यक्तित्व के धनी विभूतीयों का; जिन्होंने निरन्तर मेरा उत्साहवर्धन किया व मेरी रचनाओं को अपना प्रेम सदा प्रदान करते रहे। यह पुस्तक इन सब आदरणीय गुरुजनों एवं मित्रजनों के स्नेह की साक्षी है।

विशेष आभार

डॉ0 अश्विनी कुमार श्रीवास्तव जी	भूतपूर्व वैज्ञानिक	लखनऊ
श्री नरेंद्र सिंह जी	निदेशक	डी0पी0एम0आई0, देहरादून
डॉ0 अंकेश्वर मिश्रा जी	उप निदेशक	दिल्ली
श्री सुरेंद्र सिंह जी	उप निदेशक	अहमदाबाद
श्री रबिंद्र कुमार सैनी जी	प्रधानाचार्य	सहसपुर, देहरादून
श्री वीरेंद्र पेटवाल जी	पूर्व उप प्रधानाचार्य	मोथरोबाला, देहरादून
डॉ0 रेखा गौड़ जी	प्राचार्य	राजस्थान
श्री संजय मौर्य जी	वरिष्ठ व्याख्याता	देहरादून